Vente des 13, 14, 15 et 16 Mai 1868.

OBJETS
DE LA CHINE
ET DU JAPON

COMPOSANT LA COLLECTION DE

Feu M. le Général***

EXPOSITIONS { PARTICULIÈRE, le Lundi 11 Mai 1868.
PUBLIQUE, le Mardi 12 Mai 1868.
de une heure à cinq.

Me CHARLES PILLET,
COMMISSAIRE-PRISEUR

M. CH. MANNHEIM,
EXPERT

1868

CATALOGUE

DES

OBJETS DE LA CHINE

ET DU JAPON

Émaux cloisonnés et peints;
Matières précieuses; Bronzes incrustés d'or et d'argent; Orfévrerie;
Porcelaines; Sculptures en bois et en ivoire;
Laques de Pékin et autres; Tableaux et Boîtes incrustés;
Albums et Rouleaux peints;
Deux très-belles Tapisseries des Gobelins.

Composant la Collection de feu M. le Général ***

ET DONT LA VENTE AURA LIEU

HOTEL DROUOT, Salle N° 2

Les Mercredi 13, Jeudi 14, Vendredi 15
et Samedi 16 Mai 1868

A UNE HEURE ET DEMIE.

Par le ministère de Me **Charles PILLET**, Commissaire-Priseur,
10, rue Grange-Batelière,

Assisté de M. **Charles MANNHEIM**, Expert, 7, rue Saint-Georges.

Chez lesquels se distribue le Catalogue.

EXPOSITIONS

PARTICULIÈRE : le Lundi 11 Mai 1868 } de 1 heure à 5 heures.
PUBLIQUE : le Mardi 12 Mai 1868 }

CONDITIONS DE LA VENTE.

Elle sera faite au comptant.

Les adjudicataires payeront *cinq pour cent* en sus des enchères.

L'exposition mettant le public à même de se rendre compte de l'état des objets, il ne sera admis aucune réclamation une fois l'adjudication prononcée.

---

243. — Paris. Imp. de PILLET fils aîné, rue des Grands-Augustins. 5.

DÉSIGNATION DES OBJETS

Émaux cloisonnés

1 — Grand vase modèle balustre, décoré de fleurs émaillées en couleurs sur fond bleu turquoise. Anses à têtes chimériques en bronze, garnies d'anneaux mouvants.

2 — Vase analogue à celui qui précède, mais plus petit. Celui-ci est enrichi de dragons émaillés bleu foncé, se jouant dans les flots de la mer.

3 — Autre vase de même forme, décoré de fleurs émaillées en couleurs sur fond vert. Anses en bronze à têtes chimériques et anneaux mouvants.

4 — Joli vase en forme de bouteille, en émail cloisonné à fleurs et ornements en couleurs sur fond bleu turquoise.

5 — Autre joli vase, de forme analogue, à goulot allongé, décoré de larges fleurs et de branchages émaillés en couleurs sur fond bleu turquoise.

6 — Deux flambeaux, à colonne droite, et large plateau

rond, décorés de fleurs émaillées en couleurs sur fond bleu turquoise.

7 — Vase modèle cornet, à panse renflée, garnie ainsi que la base d'arêtes en relief en cuivre. Il est décoré d'ornements émaillés en couleurs sur fond vert.

8 — Vase analogue à celui qui précède, décoré de fleurs et d'ornements émaillés en couleurs sur fond vert; la partie renflée est émaillée bleu turquoise.

9 — Bassin rond et creux en émail cloisonné à fleurs, dragons et ornements en couleurs sur fond bleu turquoise.

10 — Autre bassin rond, plus petit que celui qui précède. Il est décoré d'oiseaux et d'arbustes émaillés en couleurs sur fond blanc. L'extérieur décoré de même est émaillé fond bleu.

11 — Plateau rond décoré intérieurement et extérieurement de dragons, de fleurs et d'ornements émaillés en couleurs sur fond bleu turquoise. Belle qualité.

12 — Tabouret étagère, décoré de rosaces émaillées vert sur fond bleu foncé. Il présente sur son plat un médaillon renfermant un dragon émaillé en couleurs sur fond bleu turquoise.

13 — Petit bassin rond décoré intérieurement et extérieurement de fleurs, d'animaux chimériques et d'ornements émaillés en couleurs sur fonds variés blanc et bleu turquoise.

14 — Autre petit bassin décoré à l'intérieur de poissons et d'animaux fantastiques se jouant dans les flots. Le bord, émaillé bleu turquoise, est relevé de fleurs en couleurs.

15 — Deux coupes rondes décorées à l'extérieur de dragons et de fleurs émaillées en couleurs sur fond bleu turquoise. L'une d'elles est garnie à l'intérieur en cuivre argenté.

16, 17 — Quatre autres jolies coupes rondes émaillées intérieurement et extérieurement à fleurs, dragons et ornements en couleurs sur fond bleu turquoise. Elles seront vendues par deux.

18 — Deux plateaux longs à quatre lobes et à bords droits, en émail cloisonné, à fleurs et rosaces en couleurs sur fond bleu turquoise.

19 — Vase modèle balustre à pans, en émail cloisonné, ornements sur fond bleu turquoise, et médaillons découpés, garnis de plaques de tôle, peintes en couleurs. Anses à chimères en bronze doré.

20 — Deux sceptres en émail cloisonné, décorés d'ornements en couleurs sur fond bleu turquoise, et enrichis de plaques de cuivre doré, finement ciselé en relief.

21 — Vase modèle bouteille à goulot droit en émail cloisonné à fleurs et branches de feuilles en couleurs sur fond bleu turquoise.

22 — Réchaud à bain-marie en émail cloisonné, décoré de chimères fantastiques en couleurs, sur fond bleu turquoise, et enrichi de petits animaux en bronze doré rapportés sur le dessus de la pièce.

23 — Bol rond décoré à l'intérieur d'une rosace sur fond d'émail blanc, et à l'extérieur de fleurs et d'ornements en couleurs sur fond bleu turquoise.

24 — Très-bel écran carré composé d'une plaque d'émail cloi-

sonné, à fleurs et rinceaux en couleurs sur fond bleu turquoise, et monté en bois de fer sculpté et découpé à jour. Le revers est enrichi d'incrustations de matières diverses sur bois de fer, représentant des branchages et des fleurs.

25 — Neuf petits plateaux ronds, décorés de fleurs en couleurs sur fond bleu turquoise, et présentant à leur centre un petit médaillon rond émaillé blanc.

26 — Six autres petits plateaux ronds analogues à ceux qui précèdent, mais de décors variés.

27 — Deux petites coupes rondes et un plateau en émail cloisonné, à écailles sur fond blanc.

28 — Petit écran à cinq lobes en émail cloisonné, à fleurs et ornements sur fond bleu turquoise, et monté sur un pied en bois sculpté et découpé à jour.

29 — Cinq plateaux ronds de diverses dimensions reposant sur trois pieds très-bas et émaillés en couleurs sur fonds variés. Deux d'entre eux forment flambeaux.

30 — Deux petits vases en deux dimensions, à panse sphérique, et long goulot droit garni de deux petites anses, en émail cloisonné à fleurs sur fond bleu turquoise.

31 — Boîte ronde et plate en émail cloisonné, à dragons en couleur, fond bleu foncé.

32 — Petit vase modèle gourde, en émail cloisonné à fleurs sur fond bleu turquoise. Le pourtour réservé en cuivre doré est enrichi de dragons ciselés en relief.

33 — Deux ornements en cuivre émaillé, provenant de pagodes.

34 — Miroir métallique de forme ronde, sur pied en émail cloisonné.

35 — Jolie petite jardinière, de forme oblongue, à quatre lobes, en cuivre doré, enrichie d'ornements en relief émaillés à gouttelettes sur fond d'émail bleu turquoise.

36 — Deux autres jardinières plus petites que celle qui précède, à fleurs et ornements en relief émaillés à gouttelettes sur fond doré.

37 — Deux étriers en émail cloisonné et têtes de dragons ciselées.

38 — Boîte de forme droite, à quatre lobes et à double fond en émail cloisonné, à fleurs et ornements en couleurs sur fond bleu turquoise.

39 — Petit vase, modèle balustre, en émail cloisonné à fleurs sur fond bleu turquoise.

40 — Deux petits flacons en forme de gourde, en émail cloisonné à fleurs et ornements en couleurs sur fond bleu turquoise.

41 — Deux petits plateaux ronds sur piedouche en émail cloisonné à fleurs sur fond bleu turquoise.

42 — Plateau rond analogue à celui qui précède.

43 — Coupe ronde sur piedouche droit, en émail cloisonné à fleurs sur fond bleu turquoise.

44 — Petit vase, de forme cylindrique, décoré de branches de fruits et de fleurs en couleurs sur fond bleu turquoise.

45 — Autre vase formé de deux cylindres accolés en émail cloisonné à fleurs sur fond bleu foncé.

46 — Petite boîte de forme oblongue en émail cloisonné ; le dessus représente un paysage avec figures, et le pourtour, des ornements sur fond bleu turquoise.

47 — Écritoire en émail cloisonné à fleurs de couleurs sur fond bleu turquoise. Elle repose sur trois pieds bas en bronze.

48 — Deux autres écritoires analogues à celle qui précède.

49 — Petit vase, modèle balustre, carré, à goulot droit, en émail cloisonné, à ornements variés sur fond bleu turquoise et vert d'eau.

50 — Petite boîte de forme ronde aplatie sur pied très-élevé, à balustre et large plateau, en émail cloisonné à fleurs et ornements sur fond bleu turquoise.

51 — Petit plateau rond sur pied droit à nœud median, en émail cloisonné à fleurs et ornements sur fond bleu turquoise.

52 — Deux coupes : l'une de forme ronde, à caractères réservés, en or sur fond bleu foncé ; l'autre, à quatre lobes, décorée d'animaux chimériques et d'ornements émaillés en couleurs.

53 — Deux couteaux chinois à fourreaux en émail cloisonné ; l'un d'eux est décoré d'écailles bleues en deux tons, et l'autre d'ornements en couleurs sur fond bleu foncé.

54 — Petit écran formé d'une plaque d'émail cloisonné à fleurs sur fond bleu turquoise. Monture en bois sculpté.

55 — Sceptre émaillé sur ses deux faces, à ornements et attributs sur fond bleu turquoise.

56 — Deux petites pièces en émail cloisonné : bouteille et écritoire.

57 — Quantité de petites pièces en émail cloisonné, qui seront vendues par lots.

Émaux peints

58 — Deux beaux brûle-parfums de forme arrondie, reposant sur trois pieds à contours en émail de Chine, décorés de fleurs et d'ornements en couleurs sur fond bleu d'eau. Les couvercles sont enrichis de médaillons en cuivre doré découpé à jour.

59 — Deux flacons de forme carrée, en émail de Chine, décorés de médaillons, de paysages, de fleurs et d'oiseaux en couleurs sur fondblanc.

60 — Petit vase de forme ovoïde allongée, décoré de médaillons de fleurs et d'oiseaux, et fond jaune rehaussé de fleurs émaillées en couleurs. Socle en bois sculpté.

61 — Grande jardinière ou bassin de forme carrée, à angles arrondis et rentrants à fleurs de couleurssur fond jaune, et médaillons de fleurs sur fond blanc.

62 — Jolie lanterne de forme carrée en émail peint à fleurs et ornements de couleurs variées. La partie inférieure est enrichie de dragons et de clochettes réservées en bronze.

63 — Deux boîtes de forme cylindrique à trois compartiments en émail de Chine, à fleurs de couleurs sur fond bleu foncé.

64 — Trois pièces : kalédioscope et deux plateaux de forme allongée, décorés de fleurs en couleurs sur fond bleu.

65 — Charmante petite boîte de forme hexagone et droite, en argent émaillé, à fleurs, animaux et inscriptions réservés en relief, et surmontée d'une petite chimère assise.

66 — Deux boîtes à thé de forme carrée, émaillées en couleurs.

67 — Trois théières de même forme, à anse surélevée, en émail de Chine, décorées de personnages costumés à l'européenne dans des paysages.

68 — Présentoir composé de neuf plateaux décorés de figures dans des paysages.

69 — Autre présentoir composé de neuf plateaux de même forme et de décor analogue.

70 — Présentoir analogue à ceux qui précèdent mais de forme différente.

71 — Sept petits plateaux ronds en émail de Chine fond jaune et décor de fleurs.

72 — Dix autres plateaux ronds émaillés bleu clair et décorés d'attributs divers en noir et or.

73 — Présentoir composé de neuf plateaux décorés de figures dans des paysages.

74 - 79 — Soixante quatorze petits plateaux de diverses formes et de décors variés. Ils seront vendus par lots.

80-82 — Trente sept petites tasses sans anses, variées de décors. Elles seront vendues par lots.

83 — Quatorze cuillers en cuivre émaillé, en deux dessins.

84 — Six petites tasses avec soucoupes de forme contournée, décorées de fleurs en couleurs sur fonds variés.

85 — Trois boîtes à compartiments, décorées d'ornements émaillés bleu et jaune.

86 — Jeu de neuf tasses en cuivre émaillé, décorées de paysages.

87 — Cinq pièces : deux tasses à deux anses, deux boîtes rondes aplaties et une coupe présentoir en cuivre émaillé, variées de décor.

88 — Deux miroirs dont un à main en cuivre émaillé fond bleu, et décorés de fleurs.

89 — Autre beau miroir à main présentant au revers un paysage avec figures d'enfants.

90 — Trois plateaux dont un rond à compartiments et deux de forme contournée.

91 — Deux crachoirs décorés de fleurs sur fond jaune et vert.

Matières précieuses

92 — Cristal de roche. — Vase modèle balustre carré à deux

anses prises dans la masse et découpées à jour. Le couvercle est surmonté d'une chimère.

93 — Cristal de roche. — Vase analogue à celui qui précède. Les anses sont formées de têtes chimériques.

94 — Cristal de roche. — Deux poussahs assis.

95 — Cristal de roche. — Trois petites figurines de Chinois dans divers attitudes.

96 — Cristal de roche. — Quatre petits animaux couchés.

97 — Cristal de roche. — Trois rochers, l'un d'eux forme porte-allumettes et un autre est enrichi d'une chimère prise dans la masse.

98 — Cristal de roche. — Trois pièces : plateau contourné orné d'une chimère, petite tasse à anse et pendeloque à côtes garnie en argent.

99 — Cristal de roche. — Quatre pièces : Vase en forme de sonnette et trois cachets surmontés de chimères.

100 — Améthyste. — Groupe composé d'un rocher et d'un lapin.

101 — Jade vert. — Très-belle divinité assise. Elle est placée dans une pagode en laque d'or à colonnettes et galeries découpées a jour

102 — Jade blanc verdâtre. — Plaque destinée à être suspendue, composée de fruits, defeuilles et d'animaux gravés et découpés à jour.

103 — Jade verdâtre. — Bloc en forme de rocher présentant sur chacune de ses faces des fabriques, des arbres et des figures finement sculptés en relief.

104 — Jade grisâtre. — Deux écrans en forme de gourdes plates à ornements gravés et découpés à jour, supportés par des figurines d'enfants en ivoire sculpté et peint, et reposant sur des socles carrés et bois sculpté garnis d'ornements et de galeries en jade sculpté et découpé à jour. Les anses sont en bronze doré et émaillé.

105 — Jade brun et verdâtre. — Groupe d'oiseaux et de fleurs découpés à jour.

106 — Jade verdâtre. — Boite en forme de poisson.

107 — Jade blanc verdâtre. — Vase à anse mobile et anneau mouvant pris dans la masse, le vase en forme d'oiseau simule une théière.

108 — Jade gris verdâtre. — Deux statuettes d'homme et de femme debout.

109 — Jade blanc verdâtre. – Cassolette de forme carrée à deux anses à anneaux mouvants pris dans la masse.

110 — Jade blanc. — Peigne surmonté de dragons et de chimères finement gravés et découpés à jour.

111 — Jade blanc. — Coupe ronde unie et bien évidée.

112 — Jade blanc. — Couteau à manche et fourreau en jade. Ce dernier est garni d'un anneau mouvant.

113 — Jade verdâtre. —Coupe de forme allongée à une anse prise dans la masse, et ornements découpés à jour.

114 — Jade grisâtre. — Plaque de ceinturon à oiseaux et branchages découpés à jour.

115 — Jade vert. — Ecran de forme ronde représentant un paysage avec fabriques et figures finement gravés en relief. Le revers offre une branche de fleurs ; support en bois sculpté.

116 — Jade vert. — Grand plateau rond très-bien évidé.

117 — Jade vert. — Figure de femme debout tenant une branche de fleurs.

118 — Jade vert. — Deux petits flambeaux sur tiges élevées et pieds gravés.

119 — Jade vert. — Plateau rond dont l'intérieur représente une large rosace et l'intérieur des fleurs et des rinceaux gravés en reliefs.

120 — Jade verdâtre. — Coupe ronde.

121 — Jade vert. — Deux jolies coupes rondes bien évidées.

122 — Jade vert. — Grande théière de forme contournée portant des caractères gravés en relief et à anse et goulot pris dans la masse. Le couvercle est surmonté d'une figurine de Confucius assis.

123 — Jade vert. — Trois beaux manches de poignard gravés à feuillages et ornements. Travail de l'Inde.

124 — Jade vert. — Deux pièces : plateau rond offrant à l'extérieur des branchages et des fleurs gravés en relief,

et couvercle finement gravé a fleurs et ornements repercés a jour.

125 — Jade vert. — Petit pitong porte-allumettes et trois petites tasses sans anses.

126 — Jade vert. — Flambeau formé d'un canard debout sur une tortue.

127 — Jade blanc et jade vert. — Deux boîtes rondes en bois de fer et dessus garnis de plaques de jade découpées à jour.

128 — Jade vert. — Quatre pièces : plateau forme feuille plaque ronde à pois saillants, attache de ceinture et amulette.

129 — Jade gris. — Coupe ronde à trois anses formées par des dragons pris dans la masse et découpés à jour.

130 — Jade grisâtre. — Sceptre en bois de fer garni de trois plaques de jade gravées à fleurs et oiseaux.

131 — Jade verdâtre. — Deux coupes rondes à deux anses plates prises dans la masse et découpées à jour et montées sur des plateaux ronds de même matière gravés à fleurs.

132 — Jade blanc verdâtre. — Deux pièces : Figure d'homme debout tenant une branche de fleurs et figure d'homme couché.

133 — Jade blanc. — Boîte de forme carrée et plate à dragons gravés sur le couvercle.

134 — Jade blanc. — Plaque ovale à dragons et rinceaux

gravés en relief. Monture en bois de fer à ornements découpés à jour.

135 — Jade verdâtre. — Sept fourchettes et neuf cuillers à manches en jade.

136 — Jade blanc. — Deux pièces: amulette formée de deux figures d'enfants et de branchages découpés à jour et sachet repercé à jour, garni de corail.

137 — Jade gris. — Coupe ronde de forme surbaissée, décorée de rinceaux en or et présentant à l'intérieur deux poissons gravés en relief. Travail très-ancien.

138 — Jade verdâtre. — Six plaques de forme carré long décorées de dragons et de paysages et portant des inscriptions gravées et dorées.

139 — Jade grisâtre. — Quatre pièces : Deux petites coupes rondes unies et deux autres coupes en forme de fleurs.

140 — Jade gris opaque et jade verdâtre. — Trois pièces : Rocher gravé à figures et paysages et deux pitongs de forme cylindrique.

141 — Jade blanc. — Deux plaques : l'une composée d'un oiseau et de fleurs, l'autre décorée de fleurs et de papillons sur un fond finement repercé à jour.

142 — Jade blanc verdâtre. — Quatre attaches de ceinturon formés de dragons.

143 — Jade blanc et vert, — Deux pièces : plateau carré en jade gravé à fleurs et manche formé de parties en jade vert et de parties en jade blanc.

144 — Jade blanc et verdâtre. — Six amulettes formées de groupes et de figurines d'enfants et d'animaux.

145 — Jade de diverses nuances. — Six oiseaux ou animaux couchés.

146 — Jade blanc. — Trois plaques de ceintures à entrelacs et ornements découpés à jour.

147 — Jade blanc et verdâtre. — Cinq groupes de fruits et oiseaux découpés à jour.

148 — Jade de diverses nuances. — Onze plaques gravées et découpées à jour.

149 — Jade blanc verdâtre. — Dix pièces diverses : amulettes de forme aplatie, couteau, manche et ornement monté en or et pierreries.

150 — Jade de diverses nuances. — Quatre pièces : plateau carré, porte-pinceaux, rocher et anneau.

151 — Corail. — Jolie tasse à une anse dont le pourtour présente des figures dans des paysages sculptés en bas-relief. L'anse est formée par une chimère.

152 — Agate orientale. — Coupe en forme de fruit avec branche tenant lieu d'anse.

153 — Agate orientale. — Beau flacon-tabatière de forme aplatie.

154 — Agate orientale. — Deux petites coupes en forme de fruit à fleurs et branchages gravés en relief.

155 — Jade blanc. — Quatre pendantifs garnis de plaques de jade gravé de diverses formes.

156 — Agate orientale. — Deux petites pièces; flacon tabatière et coupe de forme surbaissée.

157 — Agate orientale et cornaline. — Vingt amulettes de diverses formes qui seront vendues par lots.

158 — Pierre de lard. — Quatre figurines dans diverses attitudes.

159 — Pierre de lard. — Deux écrans sculptés à paysages et figures. Montures en bois sculpté.

160 — Pierre de lard. — Boîte de forme carrée à compartiments et socle de vase.

161 — Albâtre et ambre. — Deux coupes en albâtre oriental et deux amulettes en ambre.

162 — Quantité de cachets et anneaux en diverses matières. Ce lot sera divisé.

163 — Pierre de lard. — Sept tasses de diverses formes sculptées à ornements.

Bronzes

164 — Beau brûle-parfums de forme oblongue, décoré au pourtour de dragons se jouant dans les flots et à anses, têtes chimériques garnies d'anneaux mouvants. Le couvercle de même travail est repercé à jour. Bronze chinois

muni d'une belle patine et rehaussé de parties dorées. Il porte au fond un cachet à six caractères.

165 — Brûle-parfums de forme oblongue à anses et pieds formés de branches de bambou. Socle et couvercle en bois sculpté. Travail chinois. Marque à six caractères.

166 — Brûle-parfums analogue à celui qui précède. Le couvercle en bronze est formé de feuillages et découpé à jour.

167 — Autre brûle-parfums de forme analogue, avec socle en bronze, mais sans couvercle. Marque à six caractères.

168 — Petit brûle-parfums en bronze du Tonkin, fond noir à médaillons renfermant des fleurs en relief dorées et à anses, têtes chimériques.

169 — Brûle-parfums de forme sphérique en bronze du Tonkin, à médaillons et branches en relief réservés en or.

170 — Très-petit-brûle parfums à couvercle et reposant sur trois pieds droits, de même style que la pièce qui précède.

171 — Petit vase en forme de chimère couchée, enrichi d'incrustations d'or et d'argent. Les yeux de l'animal sont formés de turquoises.

172 — Deux plateaux ronds en bronze, incrustés de filets d'argent représentant des chimères et des ornements. Travail japonais.

173 — Petit vase modèle balustre de même style et travail.

174 — Petit vase de forme élégante, modèle balustre, muni d'une belle patine.

175 — Petit vase de forme surbaissée pouvant servir de jardinière, en bronze, à fleurs et poissons, en relief, dorés sur un fond brun.

176 — Chauffe-mains de forme sphérique en cuivre découpé à jour et portant des inscriptions et des ornements gravés.

177 — Grand vase modèle balustre à bandes d'ornements incrustés d'or et d'argent et garnis d'anneaux mouvants. Travail chinois.

178 — Deux brûle-parfums formés d'oiseaux debout sur un rocher. Bronze chinois.

179 — Deux flambeaux formés de chimères debout supportant des plateaux ronds reposant sur des nœuds découpés à jour.

180 — Deux vases modèle balustre reposant sur des oiseaux debout. Bronze chinois enrichi d'incrustations d'argent.

181 — Deux flambeaux formés de grues sacrées debout sur des tortues et tenant dans leur bec une branche de fleur porte-lumière.

182 — Théière de forme sphérique surbaissée reposant sur trois figurines debout et à anse surélevée en forme d'animal fantastique.

183 — Théière analogue à celle qui prédède mais sans anse ni couvercle.

184 — Deux petits vases formant flambeaux, modèle balustre avec dragon en relief entourant la panse.

185 — Joli vase forme gourde à anse mobile surélevée, enrichi de chimères et d'ornements dorés. Le couvercle est repercé à jour. Bronze chinois muni d'une belle patine. Marque à six caractères.

186 — Jardinière à quatre lobes, enrichie d'ornements en relief. Bronze japonais; bonne patine.

187 — Divinité assise sur un crapaud à trois pattes. Bronze chinois ancien et très-curieux.

188 — Petit vase modèle balustre à deux anses, enrichi d'incrustations d'argent et d'or. Bronze chinois très-fin.

189 — Deux vases analogues à celui qui précède, mais beaucoup plus petits.

190 — Beau brûle-parfums de forme surbaissée, à ouverture large, reposant sur trois pieds bas et à deux anses surélevées. Très-belle patine rougeâtre. Marque à six caractères.

191 — Cornet de forme surbaissée, décoré d'ornements en relief et enrichi d'arêtes saillantes découpées à jour.

192 — Cornet de forme carrée et surbaissée, à ornements et arêtes en relief.

193 — Petit vase, modèle balustre à côtes en spirales. Belle patine.

194 — Jolie coupe ronde reposant sur un pied formé d'une anse et de cordages. Bronze japonais.

195 — Brûle-parfums de forme surbaissée, à ouverture large et à deux anses surélevées. Bronze muni d'une belle patine rougeâtre et taches d'or.

196 — Boîte carrée en bronze, couverte de médaillons d'oiseaux et d'ornements damasquinés d'argent. Pièce curieuse.

197 — Brûle-parfums carré reposant sur quatre pieds formés de têtes chimériques et enrichi d'incrustations d'or et d'argent.

198 — Vase modèle balustre aplati, enrichi d'incrustations de filets d'argent.

199 — Vase modèle balustre renversé à deux anses, têtes chimériques, incrusté de filets d'argent.

200 — Deux statuettes de personnages debout ; l'un d'eux s'appuie sur une béquille, l'autre forme flambeau et porte des taches d'or.

201 — Petite jardinière de forme cylindrique décorée au pourtour d'un paysage avec figures en relief. Bronze chinois très-ancien.

202 — Autre petite jardinière ou brûle-parfums de forme surbaissée, à deux anses, en bronze muni d'une belle patine rougeâtre et à frise d'ornements en relief dorés.

203 — Vase de forme curieuse en bronze noir du Tonkin, à fleurs et ornements finement gravés.

204. — Brûle-parfums de forme sphérique à ornements en relief et à trois pieds droits.

205 — Autre brûle-parfums de forme sphérique reposant sur trois pieds droits et à anses formées par deux rats.

206 — Vase modèle balustre à deux anses, papillons garnis d'anneaux mouvants. Le dessus est garni d'une plaque repercée à jour.

207 — Corbeille à une anse en cuivre, à médaillons de paysage et couvercle repercé à jour.

208 — Deux petits cornets en cuivre jaune à médaillons d'oiseaux en relief.

209 — Petite jardinière de forme cylindrique à figures en haut-relief. Pièce fine et très-curieuse.

210 — Cornet de forme surbaissée et à panse renflée, enrichi d'incrustations de filets d'argent.

211 — Petite boîte ronde et aplatie, en bronze du Tonkin, à fleurs en relief, dorées et présentant au pourtour des incrustations d'argent.

212-216 — Dix cornets en bronze à ornements en relief; quelques-uns sont enrichis d'incrustations d'argent. Ils seront vendus par deux.

217 — Brûle-parfums en forme de chimère debout. Bronze chinois.

218 — Brûle-parfums de même forme que celui qui précède, plus grand.

219 — Joli vase, modèle balustre. Patine claire et taches d'or.

220 — Joli brûle-parfums de forme carrée, muni d'une belle patine brune. Le couvercle est surmonté d'une figure d'homme accroupi.

221 — Deux grands brule-parfums de forme hexagone en bronze, à couvercle dômé, orné d'une double frise à ornements repercés à jour.

222 — Deux vide-poches en bronze, à support découpé à jour.

223 — Deux petits brûle-parfums en bronze. Oiseaux sur rochers.

224 — Brûle-parfums de forme surbaissée en bronze, à deux anses, à fleurs et branchages en relief.

225 — Personnage fantastique assis. Bronze curieux.

226 — Brûle-parfums de forme sphérique reposant sur trois pieds droits; la panse est décorée d'ornements en relief.

227 — Brûle-parfums en forme de fruit, avec feuilles et branchages en relief, tenant lieu de pieds et d'anses.

228 — Brûle-parfums formé d'un petit vase supporté par un cerf debout.

229 — Petit vase à deux anses, modèle balustre; le dessus est garni d'une plaque découpée à jour.

230 — Brûle-parfums formé d'une figurine montée sur un mulet; ce dernier couvert d'un riche caparaçon.

231 — Vase modèle balustre, en bronze enrichi d'incrustations d'argent, et à deux anses, animaux fantastiques.

232 — Brûle-parfums reposant sur trois pieds droits et à deux anses surélevées. La panse est décorée d'ornements en relief.

233 — Brûle-parfums en forme de vase supporté par un animal fantastique. Bronze chinois enrichi d'incrustations d'or et d'argent.

234 — Autre brûle-parfums formé par un canard debout.

235 — Brûle-parfums ou jardinière en bronze à anses formées de branchages et de fleurs.

236 — Brûle-parfums en forme d'animal fantastique debout.

237 — Petit vase modèle balustre aplati, à deux anses et ornements en relief.

238 — Brûle-parfums de forme ronde à deux anses, en bronze, à dragons et ornements en relief dorés.

239 — Jardinière à quatre lobes et à deux anses têtes chimériques, en bronze. Le couvercle, en bois sculpté, est surmonté d'une chimère en jade. Cette pièce porte une marque à six caractères.

240 — Jardinière de forme cylindrique à ornements en relief. Elle porte une marque effacée en partie.

421 — Petite coupe ovale et basse, en bronze, à deux anses formées de dragons fantastiques.

242 — Deux étriers en fer plaqués d'or et d'argent.

243 — Petit vase forme bouteille, en fer, gravé à fleurs et ornements et damasquiné en or et en argent.

244 — Deux petits plateaux ronds à bords festonnés, en bronze, incrusté de filets d'argent.

245 — Figure de Confucius assis, en bronze, doré en partie, socle en bois sculpté.

246 — Petite coupe ovale, ornée d'une frise de chevaux marins et à deux anses, têtes chimériques.

247 — Deux petites jardinières de forme oblongue et basse.

248 — Trois plateaux ronds et à lobes, en métal blanc gravé à fleurs et ornements; l'un deux est émaillé.

249 — Brûle-parfums de forme sphérique reposant sur trois pieds droits. Bronze chinois enrichi d'incrustations d'or et d'argent. Couvercle en bois de fer et bouton en jade.

250 — Brûle-parfums de forme analogue à celui qui précède, mais sans incrustations.

251 — Deux flambeaux pliants, en bronze, et deux trépieds pliants porte bonnet en métal blanc.

252 — Jardinière de forme carrée et plate, ornée de dragons en relief, et à deux anses, têtes fantastiques.

253 — Joli brûle-parfums en bronze doré, du Tonkin, repo-

sant sur quatre pieds à têtes chimériques et à couvercle repercé à jour, surmonté d'une chimère.

254 — Petit vase de forme sphérique en bronze, muni d'une belle patine rehaussée de taches d'or. Le fond porte un cachet carré.

255 — Petite jardinière ronde en bronze, décorée de deux frises d'ornements et d'attributs divers; les anses sont formées de têtes chimériques.

256 — Petite coupe de forme antique, en bronze doré, reposant sur trois pieds élevés.

257 — Divinité fantastique, montée sur un mulet. Petit bronze très-curieux.

258 — Boîte à poids en bronze. Travail européen du commencement du XVIIe siècle. Cette pièce a été rapportée de Chine.

259 — Brûle-parfums à trois lobes, orné de têtes d'éléphant formant pieds.

260 — Pitong en bronze à dragons et ornements découpés à jour.

261 — Boîte carrée à ornements en relief au pourtour, et couvercle découpé à jour.

262 — Figurine de femme accroupie. — Bronze très-fin.

263 — Personnage accroupi, en bronze. Il s'appuie sur une petite table à trois pieds.

264 — Petit vase à fleurs de forme ronde; le bord inférieur est orné de palmettes en relief.

265 — Boîte ronde et plate, en bronze doré à fleurs et fruits en relief.

266 — Vase en forme de tonnelet surbaissé, à ouverture carrée sur le dessus et portant au fond une longue inscription incrustée d'or et d'argent.

267 — Deux pièces : petit vase en forme de gobelet à deux anses, enrichi d'incrustations d'argent, et vase modèle balustre, à quatre lobes, à ornements en relief.

268 — Deux pièces : petit vase modèle balustre, et cornet enrichi d'incrustations d'argent.

269 — Six petits vases ou brûle-parfums en bronze.

270 — Cinq brûle-parfums en bronze; l'un deux est incrusté d'argent, un autre est doré en partie.

271 — Trois figurines debout dans diverses attitudes.

272 — Quatorze animaux couchés et groupes dans diverses attitudes.

273 — Sept groupes ou figurines en bronze, personnages assis ou couchés.

274 — Sept petites boîtes de forme cylindrique ou lenticulaire en bronze.

275 — Deux brûle-parfums, de forme basse, enrichis de filets d'argent.

276 — Trois pièces en bronze: jardinière et petit vase cylindrique incrustés d'argent, et petit vase modèle balustre à figure en relief.

277 — Deux chauffe-mains en forme de corbeille, l'un d'eux en métal blanc à figures émaillées.

278 — Deux porte-plumes japonais, et divers vases en bronze qui seront vendus par lots.

279 — Belle divinité accroupie, en bronze doré, enrichie de pierreries.

280 — Deux autres divinités de même style, plus petites et reposant sur des socles carrés.

281 — Quatre autres divinités en bronze doré en partie et peint.

282 — Très-grand miroir métallique, de forme ronde, portant au revers des caractères en relief.

283 — Autre miroir métallique, de forme carrée, avec monture en bois sculpté.

284 — Deux plats ronds et creux en cuivre jaune.

Orfévrerie

285 — Divinité en calcédoine blanche, garnie et montée sur socle en or très-finement ciselé. Elle est placée dans une

pagode en argent à ornements ciselés en relief, et portant une longue inscription au revers en quatre caractères différents. Précieux travail chinois.

286 — Divinité debout en argent, émaillé en partie, et autre divinité plus petite en argent doré.

287 — Boîte en forme de fruit, en cuivre doré, garnie de filigrane d'argent et ornements émaillés rapportés.

288 — Deux boîtes analogues à celle qui précède, mais de forme différente.

289 — Bonbonnière ronde en argent, tissé à l'imitation d'osier

290 — Deux pièces : boîte ovale en cuivre, ornée d'une peinture sur émail, et boîte de forme octogone, en cuivre doré et aventurine dite de Venise,

291 — Deux grands flambeaux en étain, formés de figures d'hommes agenouillés sur des éléphants, et garnis de tiges carrées en cire rouge.

292 — Trois aiguières de forme élégante, en cuivre doré du Tonkin, à fleurs en relief et ornements gravés.

293 — Deux buires, de forme analogue, en cuivre gravé et argenté.

294 — Cinq buires de même forme, mais à panse carrée en cuivre gravé, argenté en partie.

295 — Deux pièces, théière et gourde garnie de petits plateaux à l'intérieur, en étain.

296 — Cinq théières en étain, dont deux à panses en coco sculpté.

297 — Douze pièces diverses en étain et métal blanc.

298 — Miroir à main en cuivre repoussé et doré, de style rocaille. Le manche renferme une montre. Travail anglais du temps de Louis XV.

299 — Longue-vue à pans en cuivre doré repoussé, à fleurs et ornements, et garnie de plaques de verre imitant l'agate. Travail anglais du temps de Louis XV. Cette pièce formait nécessaire, mais les ustensiles manquent.

Porcelaines

300 — Joli vase forme bouteille, en céladon bleu turquoise.

301 — Deux jolis plateaux de forme cintrée et reposant sur trois pieds. L'un d'eux est en céladon bleu turquoise, l'autre en céladon violet.

302 — Belle jardinière très-finement décorée, à figures dans des paysages. Le bord est décoré de fleurs et d'ornements émaillés en couleurs sur fond vert.

303 — Deux jolis petits vases à couvercles en porcelaine de Chine gaufrée, à ornements imitant le laque rouge de Pékin.

304 — Deux petits vases de forme sphérique à couvercle décorés de jeux d'enfants, émaillés en couleurs.

305 — Vase très-curieux en porcelaine craquelée gris de la Chine, à figures dans des paysages émaillés en couleurs.

306 — Potiche et deux cornets en ancienne porcelaine de Chine, à figures et fleurs émaillées en couleurs.

307 — Deux grands vases en porcelaine moderne de la Chine, à sujets de personnages et fleurs émaillés en couleurs. Les anses sont formées chacune par deux chimères.

308 — Deux vases modèle cornet, à panse renflée en porcelaine de Chine émaillée jaune nankin et à fleurs, ornements et caractères émaillés en couleurs.

309 — Deux pots à tabac en porcelaine de Chine, à fleurs et ornements émaillés en couleurs sur fond vert et sur fond jaune.

310 — Vase modèle potiche à couvercle en porcelaine de Chine, décoré de jeux d'enfants, émaillés en couleurs.

311 — Bel écran en porcelaine de Chine, dont le décor très-finement exécuté en couleurs, représente des grues sacrées sur rochers et des fleurs. Belle qualité. Monture en bois sculpté.

312 — Vase de forme sphérique, à couvercle, en porcelaine de Chine émaillée bleu uni, et sphère présentant deux ouvertures (*comme un globe de lampe*), émaillé bleu foncé de très-belle nuance.

313 — Deux pitongs en porcelaine de Chine découpée à jour, et décorés de figures émaillées en couleurs.

314 — Porte-allumettes à six pans en ancienne porcelaine de Chine, décoré de fleurs et de figures émaillées en couleurs.

315 — Plateau en forme de fruit, à bords renversés, garnis de branchages et de fruits en porcelaine de Chine, émaillée bleu.

316 — Petit vase modèle balustre aplati et à côtes en porcelaine de Chine, décoré à l'imitation du bronze.

317 — Trois pièces en porcelaine de Chine; petit vase modèle balustre émaillé bleu uni et décor d'or, et deux porte-allumettes fond jaune nankin, dont l'un est décoré de figures et d'animaux émaillés en couleurs.

318 — Jardinière en terre émaillée, à figures et ornements gaufrés en relief, et décorée à l'imitation du bronze.

319 — Plateau en ancienne porcelaine de Chine craquelée, bleu violacé.

320 — Potiche à couvercle et deux cornets en terre de Bocaro, à fleurs gaufrées en relief.

321 — Deux théières en terre de Bocaro, l'une de forme haute, modèle bambou, l'autre de forme surbaissée.

322 — Gourde de forme aplatie en porcelaine blanche de Chine, et deux plaques en ancienne porcelaine de Chine, décorées de figures en émaux de la famille verte.

323 — Figure de personnage debout, en terre émaillée, à l'imitation du bronze.

324 — Six pièces diverses en terre émaillée et porcelaine; deux chimères, trois figurines et un petit vase en terre de Bocaro.

325 — Grand vase à deux anses et gorge évasée, en porcelaine de Chine émaillée bleu, et décoré de paysages et d'inscriptions en or.

326 — Trois très-jolies petites coupes, en ancienne porcelaine blanche de Chine, à rosaces découpées à jour et à médaillons de personnages réservés en haut-relief. Les figures ont conservé des traces de dorure à froid. Qualité très-rare.

327 — Deux vases, forme bouteille, en céladon bleu turquoise, en deux dimensions.

328 — Vase modèle potiche de forme surbaissée, en ancienne porcelaine de Chine, décoré de figures émaillées en couleurs.

329 — Deux boîtes, en ancienne porcelaine de Chine, à trois compartiments.

339 — Petit vase, en porcelaine de Chine, décoré en émaux de la famille verte, à figures et ornements.

331 — Petit vase de forme sphérique, en porcelaine de Chine, décoré de chimères en rouge de fer et or. Belle qualité.

332 — Petit vase, modèle balustre à deux anses, en porcelaine de Chine, émaillée bleu soufflé.

333 — Petit cornet à quatre lobes de mêmes porcelaine et décor.

334 — Petit vase de forme ovoïde, en ancienne porcelaine de Chine, décoré de jeux d'enfants, émaillés en couleurs.

335 — Porte-allumettes, en céladon bleu turquoise, formé d'un rocher et d'arbustes découpés à jour, et d'une figurine d'enfant, regardant un animal fantastique sortir d'un trou.

336 — Boîte de forme ronde, en ancienne porcelaine de Chine, décorée de fleurs et d'attributs émaillés en couleurs sur fond noir.

337 — Coupe ronde, en ancienne porcelaine du Japon, décorée de fleurs et d'oiseaux en bleu rouge et or.

338 — Quatre petits vases, en porcelaine de Chine, décorés de fleurs émaillées en couleur sur fond vert, gravé au trait.

339 — Porte-pinceaux et groupe de deux figures, en céladon bleu turquoise.

340 — Trois vases, en porcelaine de Chine, décorés de fleurs; deux d'entre eux ont la forme d'une gourde, et le troisième, à panse polyédrique et goulot droit.

341 — Deux petits vases de forme ovoïde, en porcelaine de Chine, l'un d'eux est décoré de jeux d'enfants.

342 — Deux pièces, en ancienne porcelaine de Chine, émaillée vert uni; petit bassin à eau et corbeille entièrement découpée à jour.

343 — Huit petites pièces, en ancienne porcelaine de Chine, émaillée vert uni.

344 — Trois petites pièces, en céladon bleu turquoise; deux vases appliques, et vase à eau tenu par un singe.

345 — Deux petites coupes rondes sur piédouche, en porcelaine de Chine, décorées d'ornements de couleurs.

346 — Sept figurines, en porcelaine de Chine, variées de décors et d'attitudes différentes.

347 — Personnage accroupi près d'un petit vase; porcelaine ancienne de Chine, émaillée noir, vert et jaune.

348 — Neuf flacons tabatières, en porcelaine de Chine, de diverses formes et décors.

349 — Cinq coupes en forme de fruits, en porcelaine de Chine, émaillée en couleurs.

350 — Deux coupes à couvercles, en porcelaine de Chine, décorées de chevaux dans des paysages.

351 — Théière en forme de fruit, en porcelaine de Chine; elle s'emplit par le fond.

352 — Quatre jolies petites pièces, en porcelaine de Chine, dont un vase en soufflé rose.

353 — Deux coupes rondes à couvercles, en porcelaine de Saxe, fond rose et fleurs.

354 — Tasse et soucoupe, en porcelaine, fond or; la tasse est ornée du portrait de l'empereur Napoléon Ier, peint en couleurs.

355 — Vingt-huit pièces, en porcelaine de Chine craquelée, telles que : tasses, coupes, plateaux, etc., quelques-unes de ces pièces sont émaillées en couleurs. Ce lot sera divisé.

356 — Quantité de pièces diverses, en ancien blanc de Chine et autres émaillées en couleurs, qui seront vendues par lots.

357 — Lot de flacons tabatières, en verre de couleurs variées.

358 — Cinq jolis petits verres à pieds finement gravés à figures et ornements.

359 — Six assiettes, en porcelaine de Chine, fond rouge et médaillons de paysages, émaillés en couleurs.

Sculptures en ivoire

360 — Ivoire. — Jolie figure de Confucius assis sur un cerf. Travail ancien.

361 — Ivoire. — Autre figure de Confucius debout.

362 — Ivoire. — Petit cabinet à deux vantaux, entièrement couvert de plaques d'ivoire sculpté à ornements. Les

portes présentent à l'intérieur les figures d'Adam et d'Ève debout. Les tiroirs sont laqués en or.

363 — Ivoire. — Sept boîtes rondes, finement sculptées à figures dans des paysages; la plus grande est rehaussée de couleurs.

364 — Ivoire. — Trois pièces : deux appuie-mains en bois de fer enrichis d'appliques en ivoire, sculpté à fleurs et volatiles et socle composé de branchages en ivoire, teint en rouge et découpé à jour.

365 — Environ vingt-cinq pièces diverses en ivoire sculpté : figurines, groupes, cylindre à brûler les parfums, etc.

Sculptures en bois

366 — Deux grands vases de forme hexagone en bois de bambou, à deux anses découpées à jour; ils sont décorés de paysages gravés au trait.

367 — Deux rochers en bois de bambou sculpté, ornés au pourtour de figures, d'arbustes et de fabriques.

368 — Deux groupes analogues à ceux qui précèdent, mais plus petits.

369 — Figure de Confucius debout, accompagné de cinq enfants en bois de bambou.

370 — Figure analogue à celle qui précède.

371 — Pitong de forme cylindrique en bois de fer sculpté, à figures, dans un paysage traversé par un cours d'eau.

372 — Autre pitong en bois de fer en forme de tronc d'arbre, présentant au pourtour des figures d'animaux et d'oiseaux sculptées en bas-relief.

373 — Très-petit pitong en bambou très-finement sculpté, à figures, et découpé à jour.

374 — Environ soixante petits groupes ou figurines en bois sculpté, qui seront vendus par lots.

375 — Huit cylindres à brûler les parfums, en bois sculpté, à figures dans des paysages et découpés à jour.

376 — Quinze pitongs de diverses dimensions, en bois sculpté.

377 — Seize tasses de diverses formes, en bois sculpté.

378 — Quantité de pièces diverses en bois sculpté, qui seront vendues par lots.

379 — Quatre cadres en bois sculpté, à figures dans des paysages, dont deux carrés et deux de forme ovale.

380 — Gourde en forme de corne en bois, à médaillons laqués noir et or.

Sculptures en corne

381 — Belle coupe en corne très-finement sculptée, à paysages et figures.

382 — Autre jolie coupe en corne, à une anse et à dragons sculptés, pris dans la masse.

383 — Coupe analogue à celle qui précède.

384 — Coupe en corne sculptée en forme de fleur à branchages formant poignée découpée à jour.

385 — Deux autres coupes en corne sculptée; l'une de forme antique à trois pieds droits.

386 — Trois petites coupes en corne sculptée, l'une d'elles à branchages et figure de singe en relief.

Tableaux et Boîtes incrustés

387 — Deux grands tableaux de forme carré long, représentant des rochers en bois sculpté, avec application dans les arbustes de plaques de jade sculpté simulant des fleurs. Le fond, semé de coquilles chatoyantes, est enrichi de chimères en émail cloisonné dans diverses attitudes. Pièces curieuses.

388 — Deux autres tableaux en hauteur représentant des paysages montagneux, en bois sculpté, incrusté de jade et d'ivoire, et enrichis de figures et d'animaux exécutés en matières diverses.

389 — Deux tableaux simulant des étagères, en bois de fer sculpté, à galeries découpées à jour. Ils renferment des vases de fleurs et divers ustensiles exécutés en émail cloisonné, en jade de diverses nuances, en cuivre doré, en corne, etc.

390 — Deux petits tableaux divisés chacun en deux compartiments ornés de bouquets de fleurs en pierre de lard sculptée.

391 — Tableau de forme carré long, incrusté de plaques de porcelaine de Chine décorées de figures diverses émaillées en couleurs.

392 — Tableau analogue à celui qui précède, en forme de losange.

393 — Bel écran en bois de fer incrusté de branches de fleurs exécutées en nacre, ivoire et pierre de lard.

394 — Deux petits écrans analogues à celui qui précède, décorés de figures en relief se détachant en couleurs sur fond laqué noir.

395 — Deux boîtes de forme oblongue en bois de fer, dont les dessus sont enrichis d'inscrutations de nacre de perle, ivoire teint, agate, etc., représentant des poissons et des arbustes. L'une d'elles contient quatre grands pains de couleurs, deux rouges, un blanc et un jaune.

396 — Deux petites boîtes plates de même travail.

397 — Autre boîte de forme carrée et haute, incrustée de nacre de perle et de matières diverses en relief, représentant une branche de fleurs et un oiseau.

398 — Pitong en bois de fer, incrusté de matières diverses, nacre de perle, burgau, corail, etc., représentant une petite voiture chargée de fleurs, traînée par un cerf que conduit un jeune garçon.

399 — Très-petit pitong de même travail et petite boîte octogone ornée d'une chimère en relief en nacre de perle.

400 — Deux pièces : petit écran en jade et boîte en laque rouge à fleurs et fruits en relief.

401 — Petit écran en jade à fleurs et oiseaux sculptés en relief et monture en bois sculpté, repercé à jour.

402 — Autre écran formé d'une plaque ronde en jade à pois saillants, monté en bois gravé au trait et doré.

403 — Brûle-parfums en bois de fer sur pied élevé, incrusté de plaques de jade sculpté.

Laques

404 — Table en laque rouge de Pékin à pieds bas, reliés par des entre-jambes découpés à jour. Elle est entièrement

couverte au pourtour d'ornements et de fruits ciselés en relief.

405 — Petit meuble étagère en laque rouge de Pékin ; le bas est divisé en trois compartiments dont deux ferment à deux portes.

406 — Grande boîte de forme sphérique légèrement aplatie, décorée de médaillons de paysages et portant sur le dessus un caractère chinois. Laque de Pékin de diverses nuances.

407 — Deux jolies jardinières de forme oblongue en laque rouge de Pékin, décorées de médaillons de paysages à figures et fond couvert d'ornements ciselés en relief; socle en bois laqué.

408 — Deux sceptres en laque rouge de Pékin à figures, paysages et ornements en relief.

409 — Tableau en laque rouge de Pékin, à dragons et fleurs ciselés en relief.

410 — Ecran carré en laque rouge, décoré d'un paysage et de figures en relief. Monture en bois sculpté.

411 — Ecran de même travail que celui qui précède, mais de forme ronde.

412 — Dix tasses en laque rouge de Pékin, variées de décors.

413 — Quatre supports de diverses formes en laque rouge de Pékin.

414 — Trois petits vases et deux petites tasses en laque de Pékin de diverses nuances.

415 — Onze boîtes de diverses formes en laque de Pékin variées de décors, qui seront vendues par lots.

416 — Quatre plateaux de diverses formes en laque de Pékin.

417 — Belle canne en laque rouge de Pékin couverte d'animaux et d'ornements ciselés, et garnie aux extrémités de la béquille de deux plaques de jade vert.

418 — Deux autres cannes dont une en bois avec pomme formée d'un oiseau en jade ; l'autre à béquille est en fer argenté.

419 — Grande boîte carrée en laque noir et décor d'or à arbustes et oiseaux.

420 — Boîte plate analogue à celle qui précède formant écritoire.

421 — Petit meuble étagère en laque usé du Japon à décor d'or sur fond noir.

422 — Grande boîte carrée en laque aventurine et décor d'or.

423 — Cantine garnie de plateaux carrés et ronds en bois vernis rouge.

424 — Deux boîtes à quatre compartiments en laque noir et décor d'or.

425 — Deux boîtes carrées et plates en laque noir à paysage

burgauté. Elles renferment chacune huit pains d'encre de Chine.

426 — Quatre supports en bois laqué noir et burgauté.

427 — Coupe ronde en bois laqué noir incrusté de nacre de perle gravée.

428 — Deux plateaux en laque de Chine à décor d'or sur fond noir.

429 — Petit meuble à tiroirs à décor d'or sur fond aventuriné.

430 — Autre petit meuble en laque aventuriné fermant à une porte et renfermant des tiroirs.

431 — Deux boîtes en laque aventuriné dont l'une de forme oblongue et plate.

432 — Selle japonaise avec étriers, tapis, coussin, caparaçon etc., accompagnée du harnachement du cheval.

433 — Quantité de bols, plateaux, coupes, boîtes, etc., qui seront vendus par lots.

434 — Deux grands colliers de mandarin composés de grains formés de noyaux finement sculptés à figures. Chaque grain est orné au moins de quatre figures.

435 — Quantité de colliers de mandarins qui seront vendus par lots.

Albums et Rouleaux peints

436 — Magnifique album renfermant vingt quatre feuilles finement peintes sur soie représentant des perroquets et des oiseaux sur des branches de fleurs variées. Chacune des feuilles est accompagnée de texte.

437 — Deux albums : l'un d'eux représente des coquillages et des crustacés, l'autre des vases en bronze.

438 — Quatre autres albums représentant des paysages, des fleurs, des oiseaux et des figures peints sur soie. L'un d'eux à fond noir.

439 — Huit albums représentant des paysages, des fleurs etc., peints sur papier.

440 — Six albums renfermant quantité de gravures au trait représentant la culture du mûrier et le travail de la soie.

441 — Lot d'albums japonais imprimés et feuilles d'éventails.

442 — Lot d'albums dessinés sur papier et sur soie représentant des figures et des sujets variés.

443 — Cinq albums représentant des paysages peints sur soie et sur papier.

444 — Lot d'albums peints sur papier.

445 — Lot de six albums de dessins peints sur soie

446 — Trois très-beaux albums représentant des sujets variés finement peints sur soie.

447 — Cinq rouleaux représentant des paysages avec figures finement peints sur soie.

448 — Quatre rouleaux analogues à ceux qui précèdent.

449 — Six rouleaux peints sur soie; paysages et figures.

450 — Six rouleaux peints sur papier figures et paysages.

451 — Six rouleaux peints sur papier, figures, fleurs, paysages, etc.

452 — Rouleau tissé en soie représentant des divinités dans un paysage. Cette pièce offre cette particularité que chaque nuance a été tissée séparément.

453 — Cinq grands rouleaux sur soie représentant des paysages avec figures et fleurs.

454 — Cinq autres grands rouleaux analogues mais sur papier.

455 — Neuf rouleaux à sujets variés peints sur soie.

456 — Onze rouleaux analogues peints sur soie.

457 — Quatorze autres rouleaux peints sur soie à sujets variés.

458 — Douze rouleaux peints sur soie, paysages et sujets variés.

459 — Dix rouleaux peints sur soie à sujets variés.

460 — Très-grand nombre de rouleaux peints sur soie et sur papier qui seront vendus par lots.

461 — Lot de volumes, représentant les divinités de la Chine, imprimés sur fond noir.

462 — Quantité d'ouvrages chinois avec planches gravées qui seront vendus par lots.

Tapisseries

463 — Belle tapisserie des Gobelins, représentant une fête champêtre avec figures costumées à l'orientale. La bordure porte à la partie supérieure les armes de France et de Navarre surmontées de la couronne royale.

Haut., 3 m. 5 cent.; larg., 3 m. 72 cent.

464 — Autre belle tapisserie des Gobelins, représentant un sujet analogue. La bordure de celle-ci porte les armes de France.

Haut., 4 m. 55 cent.; larg., 3 m. 25 cent.